APRENDAMOS SOBRE LOS ALIMENTOS

# LOS GRANOS INTEGRALES

Samantha Nugent

www.av2books.com

Visita nuestro sitio www.av2books.com
e ingresa el código único del libro.
Go to www.av2books.com, and enter this book's unique code.

**CÓDIGO DEL LIBRO**
**BOOK CODE**

G522452

AV² de Weigl te ofrece enriquecidos libros electrónicos que favorecen el aprendizaje activo.
AV² by Weigl brings you media enhanced books that support active learning.

El enriquecido libro electrónico AV² te ofrece una experiencia bilingüe completa entre el inglés y el español para aprender el vocabulario de los dos idiomas.

This AV² media enhanced book gives you a fully bilingual experience between English and Spanish to learn the vocabulary of both languages.

Spanish

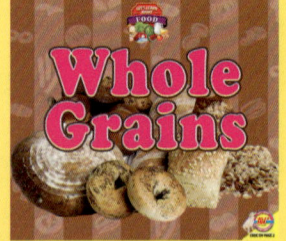
English

## Navegación bilingüe AV²
### AV² Bilingual Navigation

**CERRAR** CLOSE

**INICIO** HOME

**OPCIÓN DE IDIOMA** LANGUAGE TOGGLE

**CAMBIAR LA PÁGINA** PAGE TURNING

**VISTA PRELIMINAR** PAGE PREVIEW

Copyright ©2017 AV² de Weigl. Library of Congress Cataloging-in-Publication Data se encuentra en la página 24.
Copyright ©2017 AV² by Weigl. Library of Congress Cataloging-in-Publication Data is located on page 24.

# LOS GRANOS INTEGRALES

## ÍNDICE

- 2 Código del libro de AV[2]
- 4 Diferentes tipos de granos integrales
- 6 ¿De dónde vienen los granos integrales?
- 8 ¿Qué gusto tienen los granos integrales?
- 10 El cuidado de las plantas
- 12 Eligiendo los granos integrales
- 14 Los granos integrales en mi país
- 16 Disfrutando de los granos integrales
- 18 Cuerpos sanos
- 20 Manteniendo la limpieza
- 22 Hagamos una fiesta de granos integrales

**Me gusta comer comidas con granos integrales. Hay muchos tipos diferentes de granos integrales.**

Los granos integrales vienen de las semillas de las plantas. Se come cada parte de la semilla. La mayoría de los granos integrales vienen de diferentes tipos de plantas de pasto.

Los granos integrales crecen en campos grandes y abiertos.

Los granos integrales suelen ser blandos o masticables. Algunos granos integrales son dulces. Otros saben a nuez.

Me gusta comer granos integrales en las comidas y los aperitivos. A veces, como granos integrales como postre.

Los granjeros dan mucha agua a las plantas. Así, las plantas crecen y producen granos integrales.

Las plantas también necesitan tierra, aire y sol para crecer.

Los granjeros cuidan de los granos integrales hasta su recolección. Los camiones se llevan los granos integrales cuando están listos para comer.

Yo ayudo a elegir mis granos integrales en el almacén. A veces, elijo dulces hechos con granos integrales en la panadería.

En mi país, se cultivan muchos tipos de granos integrales. Se los puede encontrar en muchos estados norteamericanos.

En los Estados Unidos se cultiva maíz, cebada y trigo.

Hay muchas comidas que tienen granos integrales. Los cereales y las galletitas de agua se pueden hacer con granos integrales.

Me gusta comer cosas hechas con granos integrales.

Comer granos integrales me da energía para jugar.

Mi cuerpo se siente bien cuando como granos integrales.

Es importante que los granos integrales sean frescos. La fecha del envase me dice si mi comida está en buen estado y puedo comerla.

Me lavo las manos con agua tibia y jabón antes de comer. Mientras me lavo, canto dos veces el *Feliz Cumpleaños* para asegurarme de no hacerlo demasiado rápido.

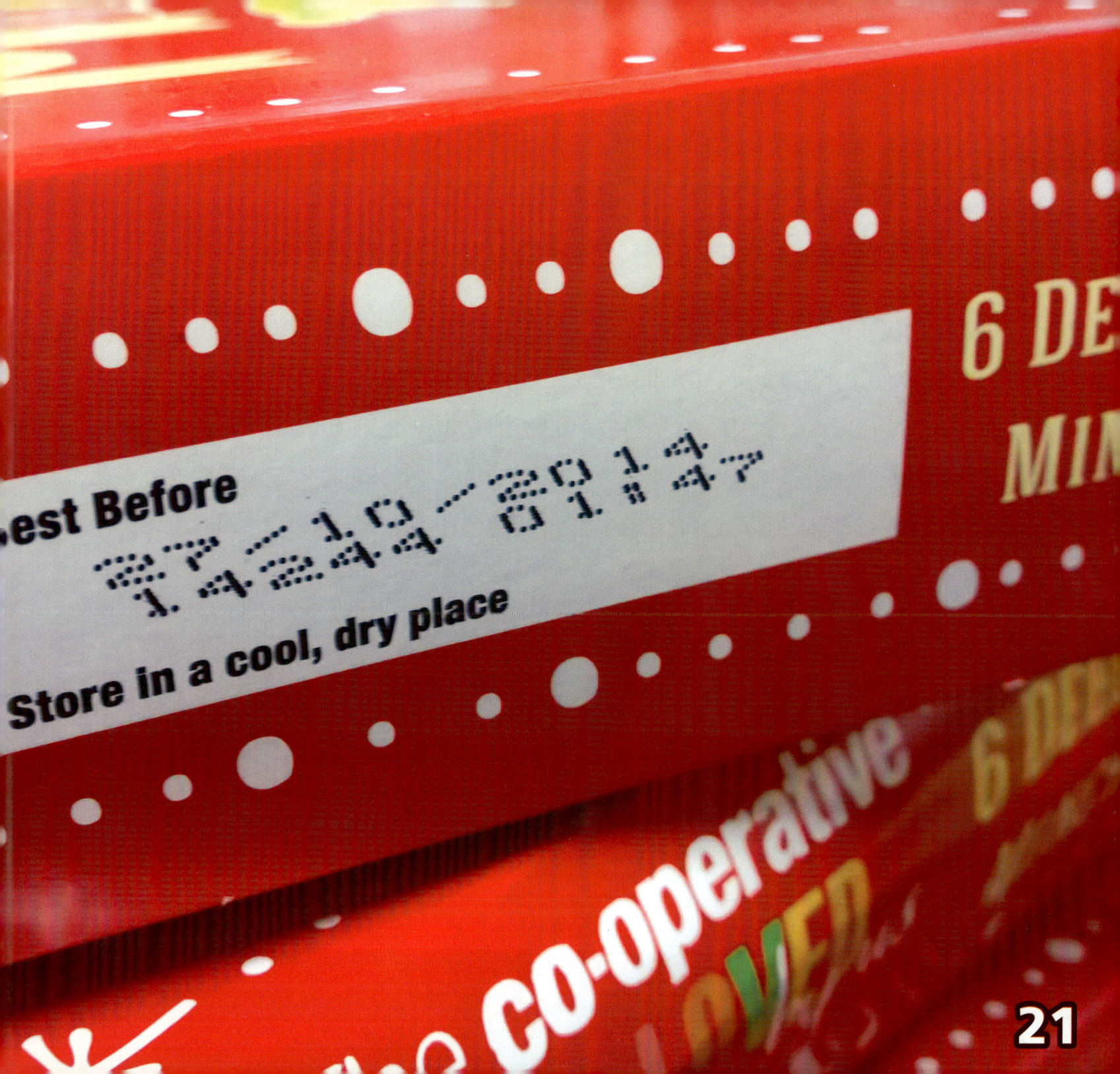

# Hagamos una fiesta de granos integrales

## Cómo preparar arrollados de mantequilla de maní y banana.

Los granos integrales son mucho más ricos cuando los compartes con la familia y los amigos. Disfruta de tus arrollados de mantequilla de maní y banana como aperitivo. Esta receta alcanza para cuatro porciones.

### Necesitarás:

- Un adulto
- La pileta de la cocina
- 1 paño de cocina
- 1 cuchillo para untar
- 1 tabla de picar
- 2 tortillas de granos integrales
- 2 bananas grandes
- 1/2 taza (118 mililitros) de mantequilla de maní

## Preparación

1. Lávate las manos con agua tibia y jabón.

2. Lava las bananas con agua fría y sécalas con un paño de cocina limpio.

3. Pela las bananas y déjalas a un costado.

4. Con la ayuda de un adulto, unta la mantequilla de maní de un lado de la tortilla.

5. Coloca una banana en el medio de cada tortilla y enróllala.

6. Corta los arrollados de mantequilla de maní y banana a la mitad.

7. ¡Comparte tus arrollados de mantequilla de maní y banana con tus amigos y disfrútalos!

¡Visita www.av2books.com para disfrutar de tu libro interactivo de inglés y español!

Check out www.av2books.com for your interactive English and Spanish ebook!

1. Entra en www.av2books.com
   Go to www.av2books.com

2. Ingresa tu código
   Enter book code

   G522452

3. ¡Alimenta tu imaginación en línea!
   Fuel your imagination online!

www.av2books.com

Published by AV² by Weigl
350 5th Avenue, 59th Floor
New York, NY 10118
Website: www.av2books.com

Copyright ©2017 AV² by Weigl
All rights reserved. No part of this publication may be reproduced, stored in a retrieval system, or transmitted in any form or by any means, electronic, mechanical, photocopying, recording, or otherwise, without the prior written permission of the publisher.

Library of Congress Control Number: 2015954065

ISBN 978-1-4896-4398-8 (hardcover)
ISBN 978-1-4896-4400-8 (multi-user eBook)

Printed in the United States of America in Brainerd, Minnesota
1 2 3 4 5 6 7 8 9 0   20 19 18 17 16

032016
101515

Weigl acknowledges Getty Images, iStock, and Corbis as the primary image suppliers for this title.

Project Coordinator: Jared Siemens
Spanish Editor: Translation Cloud LLC
Designer: Mandy Christiansen